Bernd Flessner

Peter Schilling

Stefan Lohr

Der kleine Major Tom

SOS im Venusnebel

Band 1: Völlig losgelöst

Band 2: Rückkehr zur Erde

Band 3: Die Mondmission

Band 4: Kometengefahr

Band 5: Gefährliche Reise zum Mars

Band 6: Abenteuer auf dem Mars

Band 7: Außer Kontrolle!

Band 8: Verloren im Regenwald

Band 9: Im Bann des Jupiters

Band 10: Im Sog des Schwarzen Lochs

Band 11: Wer rettet Ming und Hu?

Band 12: Plutinchen in Gefahr

Band 13: Die Wüste lebt

Band 14: Abenteuer im brennenden Eis

Weitere Abenteuer sind in Vorbereitung!

Bernd Flessner

Peter Schilling

Stefan Lohr

SOS im Venusnebel

In Zusammenarbeit mit

DLR Deutsches Zentrum für Luft- und Raumfahrt

Ein besonderer Dank geht an
Herrn Dr. Volker Kratzenberg-Annies
für die fachliche Beratung seitens des DLR

TESSLOFF

FSC
www.fsc.org
MIX
Papier aus verantwortungsvollen Quellen
FSC® C002795

1. Auflage 2022

Burgschmietstraße 2-4, 90419 Nürnberg

Text: Bernd Flessner
Cover- und Innenillustrationen: Stefan Lohr
Idee/Mitwirkung: Peter Schilling
Lizenz: MajorTon Entertainment KG
Major Tom und *Völlig losgelöst* sind Marken
der MajorTon Entertainment KG
Grafisches Konzept: Barbara Heinlein, Gestaltung: Uwe Herrlen
Lektorat: Anja Kunze

www.tessloff.com

ISBN: 978-3-7886-4215-0

Dieses Buch entstand in Zusammenarbeit mit dem
Deutschen Zentrum für Luft- und Raumfahrt (DLR),
das den Text auf fachliche Richtigkeit geprüft hat.

DLR Deutsches Zentrum für Luft- und Raumfahrt

Inhalt

Wie alles begann

Der kleine Major Tom lebt zusammen mit seinem Vater, dem großen Major Tom, auf der Raumstation Space Camp 1. Seine Mutter arbeitet auch für die Weltraumagentur, ist aber nicht mit auf der Raumstation.
Stella ist seine beste Freundin und ebenfalls an Bord. Ihre Eltern sind bei der Bodenkontrolle beschäftigt. Plutinchen ist eine Roboterkatze und die treue Gefährtin von Tom und Stella. Gemeinsam erforschen sie das Weltall, beobachten die Erde und züchten Pflanzen an Bord der Raumstation. Eines Tages muss der große Major Tom unerwartet zum Mars fliegen und dort mithelfen, die Marsstation weiter aufzubauen.

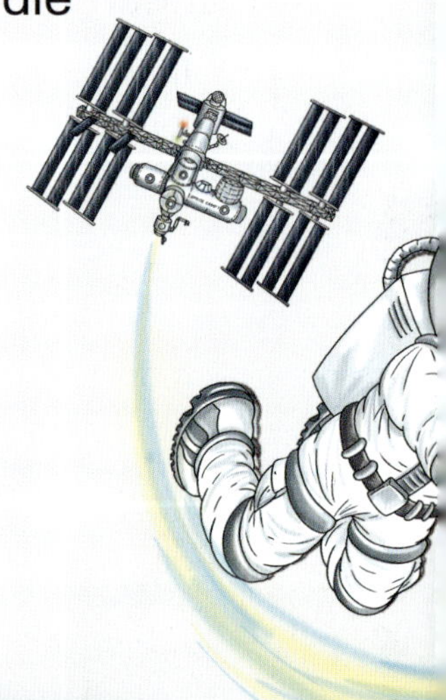

Tom, Stella und Plutinchen bleiben in der Raumstation zurück und sind nun ganz auf sich alleine gestellt.

Doch auch ohne ihre Eltern sind sie erfolgreiche und begeisterte Forscher. Gemeinsam meistern sie den Alltag auf der Raumstation, lösen Probleme und genießen zwischendurch den Ausblick auf ihren Heimatplaneten Erde. Auf den verschiedenen Missionen erleben sie ein Abenteuer nach dem anderen und lernen immer wieder Erstaunliches und Interessantes über die Erde und das Weltall. Dabei helfen sie sich gegenseitig und geben auch in brenzligen Situationen niemals auf.

Ein neuer Auftrag

„Was meinst du?“, fragte Plutinchen.
„Sieht gut aus“, antwortete Stella, die mit einer Pinzette einen Tomatensämling durch eine Lupe betrachtete. „Die neue Sorte keimt sehr schnell. Die feinen Wurzelhärchen sind auch schon gut entwickelt.“
Stella steckte den Sämling vorsichtig zurück in die mit feuchtem Nährboden ausgestattete Keimschale und nahm sich einen weiteren Sämling vor.
In diesem Augenblick hallte eine vertraute Stimme durch die Raumstation: „Bodenstation an Major Tom! Major Tom, bitte kommen!“
„Bitte nicht jetzt“, stöhnte Stella. „Dass die sich ausgerechnet immer dann melden, wenn wir beschäftigt sind.“

„Bodenstation an Major Tom! Major Tom, bitte kommen!", war die Stimme kurz darauf erneut zu hören.
„Hast du Zeit, Tom?", sprach Stella in das kleine Mikrofon ihres Headsets. „Ich kann gerade nicht."
„Ich auch nicht", antwortete Tom aus dem Labormodul. „Ich richte doch gerade das neue Experiment für die Würmer ein, die letzte Woche eingetroffen sind."
„Das wird spannend", bemerkte Stella. „Ich hoffe, wir erfahren noch ein wenig mehr über die Folgen der Schwerelosigkeit für Tiere."
„Und Menschen", ergänzte Plutinchen.
„Bodenstation an Major Tom! Major Tom, bitte kommen!", mahnte die Stimme ein drittes Mal. „Bitte melden! Meldet euch bitte!"
„Ich gebe auf", sagte Tom. „Die Würmer werden schon nicht abhauen."
„Ich komme auch", brummte Stella, steckte den Sämling wieder zurück und verschloss die Keimschale. Nachdem sie kurz aus ihren Labormodulen durch die Raumstation geschwebt waren, trafen sich Tom

und Stella im Wohnmodul vor dem großen Monitor. Plutinchen suchte sich einen guten Platz an der Bordwand.

„Hier ist Major Tom", antwortete Tom ein wenig genervt. „Was gibt es? Wir sind mitten bei der Arbeit. Sollen wir wieder einmal die Internationale Raumstation retten?"

„Bodenstation an Major Tom", antwortete die Stimme, die zu einer Frau gehörte. „Ich kann euch beruhigen, der Besatzung geht es ausgesprochen gut. Der Weltraumschrott ist seit der letzten Reinigungsaktion auch weniger geworden."

„Das freut uns zu hören", sagte Stella. „Was können wir tun?"

„Wir haben ein neues Wurmloch", erklärte die Frau, die erst jetzt auf dem Monitor erschien.

„Ein neues Wurmloch?", wiederholte Tom und lächelte in die kleine Kamera. „Wir haben bald sogar sehr viele Wurmlöcher. Dazu muss ich allerdings erst noch das Experiment einrichten."

„Ihr habt eigene Wurmlöcher?", fragte die Frau überrascht.

„Na klar", lachte Tom. „Sie sind allerdings sehr klein. Sogar viel kleiner."
„Ich verstehe, die Würmer, die wir euch geschickt haben", sagte die Frau. „Ich meine allerdings ein Wurmloch im All, um schnell von einem Ort zu anderen zu reisen."
„Haben wir uns schon gedacht", bemerkte Stella.
„Wir haben schon mehrere Frachttransporter an den Zielort geschickt", fuhr die Frau fort. „Alles hat ohne Probleme geklappt. Dennoch würden wir uns über einen kleinen Kontrollflug von euch freuen. Ihr wisst ja, für unsere großen bemannten Raumschiffe ist das Wurmloch zu klein. Es wird noch ein paar Jahre dauern, bis wir auch große Wurmlöcher erzeugen können."
„Das wurmt euch natürlich", grinste Tom.
„Vielleicht sollten die Raketentechniker mal eine Wurmkur machen?", lachte Stella.
„Menschen und ihre Wortspiele", meinte Plutinchen.
„Fragt lieber mal, wo die Reise hingehen soll."
„Zur Venus", antwortete die Frau.
„Zur Venus?", wiederholte Tom spürbar enttäuscht.

„Aber dort kann man nicht landen. Der Planet ist viel zu heiß. Und Monde hat er auch nicht. Den kann man nur von der Umlaufbahn aus beobachten."

„Das stimmt nicht ganz", entgegnete die Frau von der Bodenstation. „Die Frachtraketen haben nämlich Luftschiffe zur Venus gebracht."

„Luftschiffe?", fragte Stella.

„Ja, ihr habt richtig gehört. Luftschiffe", bekräftigte die Frau. „Ein Basisluftschiff mit einem Forschungslabor sowie zwei kleinere Forschungsschiffe. Sie wurden mit säurefesten Transportbehältern in die Atmosphäre der Venus gebracht. Dort haben sie sich automatisch entfaltet und schweben jetzt in rund 45 Kilometern Höhe über der Oberfläche. Dort herrscht etwa der gleiche Luftdruck wie auf dem Erdboden. Außerdem beträgt dort die Temperatur 25 Grad Celsius."

„Orbital!", rief Tom. „Fliegende Forschungsstationen!"

„So ist es." Die Frau von der Bodenstation lächelte. „Noch sind sie nicht bemannt, denn sie müssen verschiedene Tests durchlaufen. Doch dann werden dort für einige Zeit Forscher arbeiten."

„Wir kennen uns mit Luftschiffen gut aus", gab Stella zu bedenken. „Wir haben den ersten Testflug mit dem Airship Solar 1 unternommen."
„Ich weiß. Ein weiterer Grund, euch zu bitten", freute sich die Frau. „Ihr könntet euch auf den Stationen mal umsehen. Von hier aus ist eine Kontrolle nur eingeschränkt möglich. Wir sind gespannt, was ihr sagt."
„Abgemacht", stimmte Tom zu, den langsam die Neugier gepackt hatte.
„Mit dem Luftschiff um die Venus", strahlte Stella. „Das klingt wirklich verlockend. Wann sollen wir starten?"
„Wann könnt ihr starten?", hörte sie die Gegenfrage.
„In fünf Tagen", übernahm Plutinchen die Antwort. „Das Space Camp 1 muss noch überprüft werden. Die Experimente sind auch noch nicht eingerichtet."
„Gut, dann startet in fünf Tagen", entschied die Frau. „Wir bereiten alles vor und schicken euch die benötigten Daten für das Wurmloch. Danke für euren Einsatz!"

„Danke für den tollen Auftrag!", freute sich Tom, dessen Laune sich mehr als gebessert hatte. „Fliegen wir also zur Venus!"

„Wirklich ein toller Auftrag", freute sich auch Stella. „Ich hoffe nur eines."

„Was denn?", fragte Tom.

„Dass da kein Wurm drin ist", grinste Stella.

Flug ins Ungewisse

„Wer ist dran?“, fragte Stella.
„Ich glaube, ich bin dran“, antwortete Tom.
„Stimmt“, bestätigte Plutinchen.
Der kleine Major Tom setzte sich also auf seinen Pilotensitz, während Stella neben ihm Platz nahm und auch gleich mit dem Check begann. Auf dem großen Display vor ihnen erschien wie immer eine Checkliste mit mehreren Punkten.
„Treibstoff okay. Sauerstoff okay. Akkus geladen“, ging Stella sorgfältig die Checkliste durch, um dann nach wenigen Minuten das Ergebnis melden zu können: „Stella an Bodenkontrolle. Wir sind jetzt startklar.“
„Ihr fliegt ja nicht zum ersten Mal durch ein Wurmloch“, sagte der Mann von der Bodenstation. „Ihr könnt jetzt starten. Guten Flug!“
„Danke“, freute sich Tom und löste die Verbindung zur

Raumstation. Nach dem Zünden der Haupttriebwerke wurden sie in ihre Schalensitze gedrückt. Der Space Racer beschleunigte – und dennoch dauerte es eine Weile, bis sie die sechs Generatoren entdeckten, die das Wurmloch erzeugten.

„Es kann losgehen", sagte Tom.

„Wir sind auf die Sekunde pünktlich", stellte Plutinchen fest.

Vor ihnen bildete sich in dem Kreis, den die Generatoren formten, ein Gebilde, das wie eine große Linse aussah.

„Das Wurmloch!", sagte Stella.

Der Space Racer flog direkt in die Linse hinein, die eine Art Abkürzung im Weltraum darstellte. Dank des Wurmlochs konnten große Entfernungen blitzschnell überwunden werden. Kaum war das kleine Raumschiff im Wurmloch verschwunden, schoss es auch schon an einem ganz anderen Ort des Alls aus ihm heraus.

„Orbital!", rief Tom. „Das ist immer wieder ein fantastisches Erlebnis!"

„Das Wurmloch hat sich ordnungsgemäß wieder geschlossen“, stellte Plutinchen fest. „Einschwenken in die programmierte Umlaufbahn.“
Erst nach einer Drehung ihres Raumschiffs konnten sie die Venus in Augenschein nehmen. Der Planet kreiste zwischen der Bahn der Erde und der Bahn des Merkurs um die Sonne. Er bewegte sich außerhalb der habitablen Zone, also außerhalb der Zone, in der Leben wie auf der Erde möglich war.
„Die Venus ist nur ein bisschen kleiner als die Erde“, erklärte Plutinchen und zählt zu den Gesteinsplaneten. Wie die Erde.“
„Aber von dem Gestein sieht man nichts“, sagte Stella, während sie den Planeten genau betrachtete.

„Eine graugelbe Kugel mit ein paar Wolkenstreifen. Die Atmosphäre ist so dicht wie eine Wand. An keiner Stelle gibt es auch nur das kleinste Loch."

„Kein Wunder", miaute Plutinchen. „Die Atmosphäre der Venus hat etwa 90-mal so viel Masse wie die Atmosphäre der Erde. Aus der Venusatmosphäre könnte man deshalb also vom Gewicht her 90 Erdatmosphären machen."

„Da kommt also ganz schön was zusammen", meinte Tom staunend.

„Allerdings", bestätigte Plutinchen. „An der Oberfläche herrscht ein unglaublicher Druck, der etwa so groß ist wie in 900 Metern Meerestiefe auf der Erde."

„Man bräuchte also ein sehr stabiles U-Boot, um sich dort aufzuhalten“, sagte Stella. „Eines, das durch dichtes Gas fahren kann.“

„Und säurefest müsste es auch noch sein“, fuhr Plutinchen fort, „denn die Wolkenschicht, die rund 20 Kilometer dick ist und keinen Blick auf die Venusoberfläche erlaubt, besteht überwiegend aus Schwefelsäure.“

„Echt ätzend, diese Wolken“, meinte Tom.

„Das sind sie auch“, miaute Plutinchen. „Würde unser schwebendes U-Boot dennoch die Venusoberfläche erreichen, müsste es auch noch hitzefest sein. Dort herrscht nämlich eine Temperatur von bis zu 464 Grad Celsius. Das reicht aus, um Metalle wie Blei und Zinn zum Schmelzen zu bringen.“

„Kein Wunder, dass unsere Venussonden nicht lange durchhalten“, sagte Stella. „Auf die Dauer ist es dort viel zu heiß. Aus welchen Gasen besteht eigentlich die Atmosphäre?“

„Sie besteht fast nur aus Kohlendioxid, also aus Kohlenstoffdioxid“, antwortete die Roboterkatze. „Ein bisschen Schwefeldioxid und ein paar andere Gase

sind auch noch dabei. Aber sie machen zusammen keine vier Prozent der Atmosphäre aus."
„Das ergibt ja einen mordsmäßigen Treibhauseffekt", staunte Tom. „Schade, dass wir nicht etwas von dem Kohlendioxid zum Mars bringen können. Ein bisschen nur und es wäre dort schön warm."
„Kein schlechter Vorschlag", stimmte Plutinchen zu. „Aber so weit ist unsere Technik noch nicht."
„Seht mal, ein Signal!", rief Stella und zeigte mit dem Finger auf das große Display. „Das muss das Basisluftschiff sein. Wir kennen jetzt seine Position."
„Dann können wir ja landen", sagte Tom.
„Besser nicht", widersprach Plutinchen.
„Keine Sorge, ich fliege nicht bis zum Boden", lachte Tom. „Es wird eine Luftlandung."
„Ich gebe den Kurs ein", sagte Stella und wischte über das Display. „Unterwegs wird es ungemütlich. In der oberen Atmosphäre weht ein kräftiger Wind.
„Also los", nickte Tom. „Verlassen wir die Umlaufbahn und tauchen in die Venusatmosphäre ein."
Der Space Racer verlor an Höhe und wurde nach einem kurzen Flug ziemlich kräftig durchgeschüttelt.

Der Hitzeschutzschild an der Unterseite des Raumschiffs begann zu glühen.
„Ganz schön heftig“, meinte Tom und hielt den Joystick fest. „Ich merke den Unterschied zur Erdatmosphäre ganz deutlich.“
„Vorsicht! Wir kommen vom Kurs ab!“, rief Stella, die auf dem Display den roten Punkt verfolgte, der den Space Racer symbolisierte.
„Das sind die kräftigen Winde“, erklärte Plutinchen. „Sie können bis zu 400 Stundenkilometer schnell sein.“
Tom drückte den Joystick zur Seite, doch die Winde brachten ihn immer mehr vom Kurs ab.
„Wir verfehlen das Basisluftschiff!“, warnte Stella.
„Ich kann den Space Racer nur mit Mühe halten“, sagte Tom.
Auf dem Display leuchteten plötzlich mehrere

Signale auf. Gleich darauf meldete sich die Stimme des Bordcomputers: „Warnung. Fluglage instabil."
„Das merke ich selbst", murrte der kleine Major Tom.
„Wir weichen weiter vom Kurs ab!", rief Stella.
„Gegensteuern!"
„Wir müssen weiter runter", schlug Plutinchen vor.
„Weiter unten lässt die Windgeschwindigkeit nach."
Tom drückte den Joystick nach vorne. Der Space Racer wurde schneller und auch wieder heißer. Das Glühen des Schutzschildes wurde heller.
„Wie lange noch?", fragte Tom.
„Das weiß ich nicht", gab Plutinchen zu. „Von den Venussonden gibt es unterschiedliche Daten."
Noch immer zitterte der Space Racer. Stella verfolgte den roten Punkt, der deutlich von der blauen Linie abgewichen war, die den vorgesehenen Kurs markierte. Noch immer leuchteten die Warnsignale.
„Wir müssen nach Westen", sagte Stella.
„Leichter gesagt als getan", entgegnete Tom. „Ich komme mir vor wie ein Blatt im Wind."
„Es wird besser", machte ihnen Plutinchen Mut. „In der nächsten Schicht der Atmosphäre ist es ruhiger."

Kaum hatte Plutinchen den Satz beendet, flaute der Wind endlich ab. Tom und Stella seufzten erleichtert. „Ich gehe jetzt in einen kontrollierten Atmosphärenflug über“, erklärte Tom. „Wir fliegen jetzt wie ein Flugzeug.“

Das Glühen verschwand, das Zittern hörte auf. Tom gelang es, den Kurs zu korrigieren. Endlich hielten sie auf das Basisluftschiff zu, das unterhalb der Wolkenschicht schwebte.

Alles in der Schwebe

„Wir können noch immer nichts sehen“, klagte Stella.
„Aber das Signal zeigt an, dass wir jetzt auf Kurs sind.“
„Wir stoßen jetzt in die ätzende Wolkendecke“, sagte Tom.
„Sie ist etwa 20 Kilometer dick“, erklärte Plutinchen.
„Müssen wir da wirklich durch?“, fragte Stella. „Die sehen giftig aus, die Wolken. Giftgelb und giftgrün.“
„Sie sind auch giftig“, miaute Plutinchen. „Aber dem Space Racer können sie kaum etwas anhaben. Wir dürfen uns nur nicht allzu lange darin aufhalten. Sonst löst die Säure irgendwann doch die Schutzhülle auf.“
„Und was ist mit den Luftschiffen?“, fragte Stella.
„Deren Außenhüllen sind mit einem säurefesten Kunststoff überzogen“, antwortete Plutinchen.

„Außerdem schweben sie knapp unterhalb der Wolkenschicht. Dort ist nur noch ein wenig Nebel und Dunst aus Schwefelsäure."
„Das klingt ja sehr beruhigend", meinte Tom. „Aber was passiert mit dem Space Racer?"
„Der startet gleich wieder in die Umlaufbahn, sobald er uns abgesetzt hat", wusste Plutinchen. „Landen kann er ja nicht. Und um die Luftschiffe kreisen auch nicht, denn dann wäre sein Treibstoff bald verbraucht."
„Verstehe", nickte Tom. „Wir sind dann also ohne Raumschiff auf dem Basisluftschiff."
„Das ist der Plan", bestätigte Plutinchen. „Das hat euch die Bodenstation doch erklärt, oder?"
„Hat sie", gab Stella zu. „Sie hat uns seitenlange Anweisungen gefunkt."
„Die ihr nur überflogen habt", miaute Plutinchen.
„Es waren aber auch sehr, sehr viele Seiten", rechtfertigte sich Tom. „Mindestens ..."
„Fünf Seiten", wusste Plutinchen.
„Das sag ich ja, es waren einfach zu viele Seiten", erklärte Tom und bemühte sich um eine Unschuldsmiene.

„Schau nach vorne!“, ermahnte ihn Stella, während sie auf eine graugelbe Wand zurasten. „Es geht los!“

„Sieht fast so aus wie die Linsensuppe von meiner Oma“, meinte Tom, als sie in die Schwefelsäurewolken eindrangen.

„Guten Appetit“, spottete Stella.

„So ähnlich wie die Regenwolken auf der Erde“, beobachtete Tom. „Sind das Regentropfen oder täusche ich mich da?“

„Es sind Regentropfen“, antwortete die Roboterkatze. „Nur bestehen sie nicht aus Wasser, sondern aus Schwefelsäure. Sie erreichen allerdings nicht den Boden, sondern verdunsten noch in der Wolkenschicht.“

„Regen, der Löcher in den Regenschirm frisst“, sagte Stella. „Venus bei Regen. Das wäre doch echt ein toller Song.“

„Allerdings ein sehr kurzer Song. Seht mal, die Farbe des Space Racers verändert sich“, bemerkte Tom. „Er wird grau. Hoffentlich hält er das aus.“

„Der hält“, versicherte Plutinchen. „Nur der Schutzschild wird etwas abbekommen. Wir sind gleich da.“

Die beiden Punkte auf dem Display kamen sich immer näher. Als sie sich fast berührten, wurde die Wolkendecke langsam dünner und löste sich schließlich auf. Plötzlich konnten sie wieder viel weiter sehen, auch wenn es nicht so hell war wie über den Wolken.

„Die Albatros! Das Basisschiff!“, rief Stella. „Ganz schön groß.“

„Und dort sind die beiden kleineren Forschungsluftschiffe“, ergänzte Tom. „Die Kranich und die Mauersegler. Die sehen ein bisschen aus wie das Airship Solar 1.“

„Müsste es nicht der Kranich und der Mauersegler heißen?“, wunderte sich Stella. „Das fällt mir jetzt erst auf.“

„Nicht bei Schiffen oder Luftschiffen“, antwortete Plutinchen. „Das liegt an englischen Seeleuten, die vor langer Zeit entschieden haben, Schiffe als etwas Weibliches anzusehen. Also ist der Artikel immer weiblich.“

„Okay, es heißt also tatsächlich die Albatros. Das Basisschiff sieht übrigens aus wie eine fliegende Untertasse“, meinte Stella. „Die Gondel scheint ziemlich klein zu sein.“

„Wartet es ab“, schnurrte Plutinchen.

„Steht das etwa auch auf den vielen Seiten?“, meinte Tom grinsend.

Plutinchen nickte.

„Egal, wir docken jetzt an“, sagte Tom und steuerte den Space Racer an die Unterseite des Basisluftschiffs. Mithilfe des Displays konnte er das Schiff mühelos zur Druckschleuse manövrieren. Schon beim ersten Versuch rastete der Verschluss ein. Gleich darauf hörten sie ein sonderbares Geräusch.

„Was ist das?“, wunderte sich Stella.
„Die automatische Waschanlage“, miaute Plutinchen. „Sie wäscht die Schwefelsäure von der Luke.“
„Eine sinnvolle Erfindung“, lobte Stella. „Vor allem auf der Venus.“
„Jetzt bin ich gespannt“, sagte Tom und löste die Gurte. „Die Schwerkraft ist fast wie auf der Erde.“
Tom, Stella und Plutinchen verließen den Space Racer und betraten die kleine Gondel, die sich als überraschend groß und komfortabel entpuppte. Sie stiegen eine Treppe hinauf, die zu einem kreisrunden Raum mit gleich sechs Schiebetüren führte.
„Höher. In die nächste Etage“, sagte Plutinchen und flog voraus. Eine Treppe führte sie weiter nach oben. Auch dort gab es einen runden Raum, der jedoch nur zwei Türen besaß.
„Die erste Tür“, sagte Plutinchen und wartete.
Stella trat vor die Schiebetür, die sich automatisch öffnete. Schnell machte sie wieder einen Schritt zurück.
„Das ist ja der Auftriebskörper! Das Innere der Hülle!“, erschrak sie. „Dort ist das Gas!“

„Stimmt“, bestätigte Plutinchen.

„Helium?“, vermutete Tom.

„Nein, es ist ein atembares Luftgemisch“, schnurrte Plutinchen. „Auch der Luftdruck stimmt. Die Atmosphäre der Venus macht es möglich. Der Auftrieb reicht aus – wir brauchen kein leichtes Gas wie auf der Erde. Gewöhnliche Luft ist leicht genug.“

„Orbital!“, staunte Tom und lief durch den großen Raum.

„Und die Hülle ist wirklich säurefest?“, fragte Stella, um ganz sicher zu gehen. „Auch die Fenster?“

„Auch die Fenster“, versicherte Plutinchen. „Dabei fällt mir ein: Es wird Zeit, den Space Racer zu starten.“

„Klar, der versauert sonst von der ganzen Schwefelsäure“, meinte Tom und lief weiter.

„Ich aktiviere den Autopiloten“, meldete Plutinchen. Kurz darauf hörten sie die typischen Antriebsgeräusche des Space Racers.

„Und jetzt?“, fragte Tom.

„Jetzt sehen wir uns die Brücke an und melden uns bei der Bodenstation“, antwortete Stella. „Dann inspizieren wir das Basisluftschiff.“

Sie gingen die Treppe hinunter und fanden auf Anhieb die Brücke, also die Kommandokanzel des Basisluftschiffs. Der Raum war erstaunlich groß und mit vielen Monitoren und Konsolen ausgestattet, vor denen bequeme Sessel montiert waren. Es gab aber auch mehrere Fenster.

„Nicht schlecht“, sagte Tom anerkennend und ließ sich auf einen der Sessel fallen. „So lässt es sich gut forschen.“

„Ein rotes Signal!“, bemerkte Stella und setzte sich ebenfalls auf einen Sessel. „Da stimmt etwas nicht. Sieh dir mal das Schaubild an.“

„Hier ist eine Nachricht von der Bodenstation“, stellte Tom fest und wischte kurz über das Display. „Sie wurde vor einer Stunde zu einem Venussatelliten gesendet und von dort zur Albatros weitergeleitet.“

Mauersegler im Anflug

„Bodenstation an Tom und Stella", hörten sie die Stimme von Stellas Mutter. „Wir hoffen, ihr seid gut angekommen. Meldet euch bitte umgehend! Das Funksignal braucht derzeit etwa sechs Minuten bis zur Erde."

„Machen wir gleich", bestätigte Tom.

„Und dann kümmert euch bitte sofort um das Forschungsluftschiff Mauersegler. Es hat vor einiger Zeit seinen Kurs geändert. Wir konnten von hier aus keine Ursache dafür finden. Im Moment fliegt es im Zickzackkurs auf das Basisluftschiff zu. Es könnte einen Zusammenstoß geben. Aber die Daten, die wir empfangen, sind widersprüchlich. Säureschutzanzüge findet ihr an Bord. Und seid vorsichtig! Geht kein Risiko ein!"

„Das rote Signal und das Schaubild!", rief Stella. „Das muss die Mauersegler sein. Kollisionskurs steht hier."

„Schnell, zum Fenster!", rief Tom und stürmte los.

Stella folgte ihm. Und tatsächlich, eines der beiden kleinen Forschungsluftschiffe schwebte auf das Basisluftschiff zu. Es war nur ein dunkler Fleck im Dunst, aber dennoch gut zu erkennen.
„Was meinst du, Plutinchen?“, fragte Stella.
„Es ist jetzt gut 1800 Meter von uns entfernt“, antwortete die Roboterkatze. „Es fliegt nicht sehr schnell. Wenn es seine Geschwindigkeit und seinen Kurs beibehält, erreicht es die Albatros in etwa dreißig Minuten.“
„Ach, du dickes Mondkalb“, pustete Stella. „Wir sind mal wieder zum richtigen Zeitpunkt am richtigen Ort.“
„Kann man den Kurs von hier aus ändern?“, fragte Tom und ging an eine der Konsolen. Stella und Plutinchen folgten ihm. Sie wischten über die Displays und gaben Befehle ein, aber nichts tat sich. Die Mauersegler blieb auf Kurs.
„Es muss ein elektronischer Fehler sein“, vermutete Plutinchen. „Entweder ist ein Sensor kaputt oder mit dem Programm stimmt etwas nicht.“
„Was passiert, wenn das Schiff uns rammt?“, wollte Stella wissen.

„Dann wird wahrscheinlich die Außenhülle beschädigt", antwortete Plutinchen. „Wenn die Hülle reißt, stürzt das Basisluftschiff ab und verbrennt auf dem Weg zur Oberfläche."

„Wo ist das andere Forschungsluftschiff, die Kranich?", fragte Stella.

„Auf der anderen Seite, keine zweihundert Meter entfernt", antwortete Plutinchen. „Alle Systeme arbeiten einwandfrei."

„Wie kommen wir an Bord der Mauersegler?", wollte Tom wissen.

„Die Säureschutzanzüge haben Raketendüsen auf dem Rücken", sagte Plutinchen. „Die reichen für kurze Entfernungen. Für den Notfall gibt es auch noch Rettungskapseln, die uns in die Umlaufbahn bringen können."

„Also gut, ziehen wir uns diese Raketenanzüge an", entschied Tom.

„Was ist mit Plutinchen?", gab Stella zu bedenken. „Wir brauchen sie unbedingt."

„Die hat doch ihren eigenen Raketenantrieb", wunderte sich Tom.

„Aber keinen Säureschutzanzug“, empörte sich Stella. „Die Säure würde sie auflösen oder zumindest beschädigen.“

„Stimmt. Daran habe ich nicht gedacht“, gab Tom zu. „Was machen wir jetzt?“

„Wir stecken sie in eine Plastiktüte“, schlug Stella vor. „Hier gibt es doch bestimmt eine Plastiktüte an Bord. Etwa für den Restmüll.“

„Viele Kunststoffe sind säurebeständig“, erklärte Plutinchen. „Schwefelsäure wird ja auch in Plastikflaschen aufbewahrt. Eine gute Idee.“

„Dann beeilen wir uns, denn das Luftschiff kommt schnell näher“, sagte Tom. „Sieh mal aus dem Fenster!“

Stella drehte sich um und erschrak: „Das Ding ist ja fast schon hier! Nichts wie los!“

Plutinchen flog voraus, denn sie hatte den Plan des Luftschiffs gespeichert und wusste, wo die Anzüge zu finden waren.

Sie wählten die kleinsten Größen, die immer noch ein wenig zu groß waren, und zogen sie an.
„Die Düsen sind ganz schön schwer“, meinte Tom.
Plutinchen stieß in einem der Schränke, in denen Ausrüstung lagerte, auf eine große, verschließbare Plastiktüte.
„Die ist eigentlich für Medikamente gedacht“, sagte Plutinchen. „Seid ihr so weit?“
„Also ab in die Tüte!“, antwortete Stella.
Plutinchen schlüpfte in die Plastiktüte, die von Stella sorgfältig verschlossen wurde. Mit ihren Düsenpfoten fliegen konnte die Roboterkatze also nicht mehr. Die Luftschleuse war nur ein paar Schritte entfernt.
„Öffnen!“, befahl Tom, trat ein und wartete, bis die Innentür sich wieder geschlossen hatte. „Außentür öffnen!“
Draußen war es fast windstill. Über ihnen hing der Arm eines Krans, an dem Experimentierplattformen an einem Seil herabgelassen werden konnten.
Ihre Astrofone zeigten nur eine geringe Säurekonzentration an.
„Wir sind ja unterhalb der Wolkendecke“, sagte Tom.

„Hier gibt es nur Schwefelsäuredunst. Fast harmlos."
„Beeilen wir uns", sagte Stella und aktivierte ihren Antrieb. Die beiden Düsen auf dem Rücken hoben sie sanft in die gelbliche Venusluft und trugen sie schnell zur Mauersegler. Plutinchen wurde von einem Gurt gehalten, der an Stellas Anzug befestigt war, sodass sie nicht nach unten fallen konnte. Ersticken konnte die Roboterkatze nicht, da sie ja keine Atemluft benötigte.

Der Flug dauerte nicht lang, denn das kleine Luftschiff hatte die Albatros fast schon erreicht.
„Die Schleuse ist auf der Rückseite der Gondel", funkte Plutinchen.
Nach einer eleganten Kurve erreichten Tom und Stella die Außentür, die sich durch einen Knopfdruck öffnen ließ. In der kleinen Schleusenkammer wurden sie kurz mit einem kräftigen Sprühnebel aus Wasser geduscht und

anschließend von einem Riesenfön getrocknet. Erst dann konnten sie das Luftschiff betreten.
„Schnell! Ins Cockpit!“, rief Tom und sprintete los.
Stella musste erst Plutinchen aus ihrer Tüte befreien.
Die Roboterkatze düste sofort los, um Tom zu helfen.
„Autopilot ausschalten und das Ruder hart Backbord!“, sagte sie.
„Bin schon dabei“, erwiderte Tom. „Aber das Schiff reagiert kaum.“
„Wir schaffen es nicht“, meinte Stella.
Vor ihnen wurde das Basisluftschiff immer größer. Sie konnten schon die Fenster der flachen, kreisförmigen Gondel gut erkennen.
„Wir bräuchten Schub von Steuerbord“, sagte Plutinchen.
„Den gibt es gleich“, bekräftigte Stella und schnallte sich ihren Raketenrucksack wieder um.
„Was hast du vor?“, fragte Tom, ohne den Joystick loszulassen.
Aber Stella war bereits in der kleinen Schleuse verschwunden. Das rote Licht über der Tür bedeutete, dass sie im Begriff war, das Schiff wieder zu verlassen.

„Gleich kracht es!“, befürchtete Tom. „Komm schnell wieder an Bord, Stella! Wir müssen hier weg! Wenn die Hülle beschädigt wird, stürzen wir auf die Oberfläche!“
Eine Antwort blieb aus. Die Albatros schien zum Greifen nahe. Tom konnte sehen, wie die beschichtete, säurefeste Hülle im trüben Licht schimmerte. Da tauchte an der Steuerbordseite Stella auf, fasste mit beiden Händen an die Gondel und ließ die Raketendüsen arbeiten.
„Pass auf! Komm nicht zwischen die beiden Schiffe!“, warnte Tom.
„Das wird mal wieder eng“, miaute Plutinchen. „Sehr eng sogar. Und ich kann nicht zu ihr fliegen, um ihr zu helfen.“

„Da! Es scheint zu funktionieren!“, rief Tom und sah auf das Display. „Das Luftschiff kriegt jetzt die Kurve. Hoffentlich reicht es.“

Draußen sah sich Stella immer wieder um, denn hinter ihr schwebte das riesige Basisluftschiff. Es fehlte nicht viel, um es berühren zu können.

„Es reicht! Komm zurück!“, rief Tom und spähte aus dem Steuerbordfenster. „Wo bist du? Stella? Bitte melde dich!“

„Wir schaffen es“, stellte Plutinchen fest und holte sich die Daten von den Sensoren, die den Abstand ermittelten. „Die beiden Schiffe haben sich bis auf 18 Zentimeter angenähert. Jetzt entfernen sie sich wieder voneinander.“

„18 Zentimeter? Das reicht nicht für Stella", klagte Tom und sprach erneut ins Mikrofon: „Stella! Melde dich bitte!"

„Die Sensoren zeigen sie nicht an", miaute Plutinchen. „Sie befindet sich nicht zwischen den Schiffen."

„Stella! Wo bist du?", rief Tom ins Mikrofon, doch der Lautsprecher schwieg.

„Hier!", antwortete sie nach langen Sekunden und legte den Raketenrucksack ab. „Ich habe mich gerade noch rechtzeitig verdrückt."

„Du warst in der Schleuse", schnaufte Tom erleichtert.

„Wo denn sonst?", wunderte sich Stella. „Oder hast du gedacht, ich will mich zerquetschen lassen? Nein, ich bin rechtzeitig zur Schleuse geflogen."

„Und dort war der Funkkontakt anscheinend gestört", ergänzte Plutinchen.

„Egal, sie ist gesund wieder zurück", freute sich Tom.

Auf Schlingerkurs

„Wie geht es jetzt weiter?“, fragte Stella und setzte sich neben Tom.

„Wenn ich das wüsste“, antwortete er. „Das Luftschiff scheint seinen eigenen Willen zu haben. Es reagiert nur sehr widerwillig auf den Joystick.“

Das Luftschiff driftete weiter nach Backbord und verlor jetzt auch noch an Höhe.

„Was ist jetzt denn schon wieder los?“, sagte Stella erstaunt.

„Da stimmt etwas nicht“, meinte Tom. „Kann es am Programm liegen?“

„Schwer zu sagen“, antwortete Plutinchen. „Die Überprüfung dauert eine Weile. Ich erhalte widersprüchliche Daten.“

„Stell die Motoren ab“, schlug Stella vor.

„Dann kann ich das Luftschiff gar nicht mehr lenken“, gab Tom zu bedenken.

„Das stimmt“, nickte Stella und sah auf das Display.

„Wir verlieren weiter an Höhe. Vielleicht haben wir ein Leck? Können wir hier auch ins Innere der Hülle?“

„Können wir“, bestätigte Plutinchen. „Auch hier ist der Auftriebskörper begehbar.“

„Dann lass uns gleich nachsehen“, sagte sie und stand auf.

„Ich versuche, das Basisluftschiff zu umkreisen“, sagte Tom.

Stella und Plutinchen gingen zu einer runden Luke und öffneten sie vorsichtig. Sie führte zu einer kleinen Treppe, über die sie in einen großen, lang gezogenen Raum gelangten. Die Hülle wurde von verschiedenen Streben in Form gehalten. In der Mitte befand sich ein begehbarer Gang.

„Vorsichtig!“, mahnte Plutinchen. „Tritt nicht daneben!“
„Keine Sorge“, sagte Stella. „Kannst du etwas entdecken?“
Plutinchen flog an der Hülle entlang und betrachtete jeden Zentimeter mit ihren Spezialaugen, denen nichts entging. Außerdem überprüfte sie ständig den Luftdruck.
„Scheint alles in Ordnung zu sein“, stellte sie schließlich fest. „Die Hülle hat kein Loch. Nur der Luftdruck verringert sich leicht. Das kann nur ein Ventil sein.“
„Aber das kannst du doch überprüfen“, wunderte sich Stella. „Hast du den Bordcomputer gefragt?“
„Das habe ich längst getan“, erwiderte die Roboterkatze. „Es liegen keine Daten vor.“
„Keine Daten?“, sagte Stella erstaunt. „Das kann nicht sein. Es liegen immer Daten vor! Die Sensoren übermitteln ständig aktuelle Daten an den Bordcomputer.“
„Diesmal aber nicht“, entgegnete Plutinchen.
„Na, habt ihr etwas gefunden?“, meldete sich Tom aus dem Cockpit. „Wir verlieren noch immer an Höhe.“

„Die Hülle scheint in Ordnung zu sein", antwortete Stella. „Aber die Sensoren liefern keine Daten."

„Einige Sensoren liefern keine Daten", verbesserte Plutinchen. „Vielleicht ist es auch nur ein Sensor, der nicht funktioniert. So sieht es im Moment jedenfalls aus."

„Was passiert, wenn wir weiter sinken?", fragte Tom.

„Es wird sehr schnell sehr heiß", erklärte Plutinchen. „Außerdem steigt der Luftdruck an."

„Wir müssen also eine Lösung finden", sagte Stella.

„Und das sehr schnell", miaute Plutinchen.

„Wir müssen doch einen Luftvorrat an Bord haben", dachte Tom laut.

„Ja, wir haben mehrere Druckflaschen an Bord", bestätigte Plutinchen.

„Dann lassen wir einfach Luft in die Hülle und erhöhen den Druck", freute sich Stella. „Das ist die Lösung! Komm, gehen wir zurück ins Cockpit."

„Da bin ich mir nicht sicher", meinte Plutinchen. „Der Bordcomputer meldet gerade einen Anstieg der Temperatur."

Als sie im Cockpit eintrafen, hatte Tom den Regler für die Luftzufuhr bereits auf dem Display gefunden.

„Draußen wird es warm“, sagte er. „Ich lasse jetzt Luft aus den Druckflaschen in die Hülle strömen.“
Zu hören war nichts, nicht einmal ein leises Zischen. Tom und Stella starrten gebannt auf den Höhenmesser und die Druckanzeige.
„Sie bewegen sich!“, rief Stella. „Wir steigen wieder!“
„Ja, das sieht gut aus“, seufzte Tom erleichtert.
„Seid nicht zu voreilig“, gab Plutinchen zu bedenken. „Ich bin mittlerweile ziemlich sicher, dass mit den Sensoren des Schiffs etwas nicht stimmt. Ich arbeite daran. Noch habe ich nicht genügend Daten.“
„Jetzt sieh nicht gleich so schwarz“, entgegnete Tom. „Wir gewinnen an Höhe und haben bald wieder die Flughöhe der Albatros erreicht. Dann programmieren wir eine Parkposition ein und kehren zurück.“
„Trotzdem müssen wir die Ursache finden“, miaute die Roboterkatze.
„Das wollen wir ja auch“, stimmte Stella zu. „Aber jetzt geht es erst einmal aufwärts. Auf dem Display sieht alles bestens aus.“
„Nur noch ein paar Minuten, dann sind wir da“, freute sich Tom. „Die Temperatur ist schon wieder im grünen

Bereich. Wenn wir wieder an Bord der Albatros sind, brauche ich unbedingt etwas zu essen."

„Au ja, ich habe auch so ein hohles Gefühl im Bauch", sagte Stella. „Was gibt es denn?"

„Bislang sind nur die üblichen Notvorräte an Bord", antwortete Plutinchen. „Die Luftschiffe sind ja noch in der Testphase. Wenn eines Tages Astronauten kommen, bringen sie genügend Lebensmittel mit."

„Also, was gibt es?", fragte Tom.

„Nudeln mit Soße", wusste Plutinchen.

„Besser als nichts", lächelte Stella. „Ich habe Hunger."

„Da! Seht mal! Die Albatros!", rief Tom und zeigte auf eines der Fenster.

„Na bitte", freute sich Stella.

„Gleich sind wir da!"

„Ich schließe jetzt die Druckflaschen", sagte Tom und tippte auf das Display. Das Forschungsluftschiff erreichte gleich darauf die Flughöhe des

Basisluftschiffs und schwebte schließlich neben ihm.
„Wer sagt es denn?“, grinste Tom. „Alles wieder in Ordnung. Los, steigen wir um!“
„Das geht nicht“, widersprach Plutinchen. „Seht genau hin!“
Tom und Stella blickten auf die Albatros. Zunächst fiel ihnen nichts auf. Doch dann wurde ihnen klar, was Plutinchen meinte. Ganz langsam, fast wie in Zeitlupe, stieg die Mauersegler weiter nach oben. Zuerst fuhren sie an der flachen Gondel vorbei, dann an der riesigen Hülle.
„Das kann doch nicht sein“, ärgerte sich Tom. „Ich habe doch die Druckflaschen wieder geschlossen.“
„Das Display zeigt jetzt auch an, dass wir langsam an Höhe gewinnen“, sagte Stella. „Und das ist gar nicht gut, denn über uns sind die Säurewolken.“
„Das stimmt“, bestätigte Plutinchen. „Für diese Höhe reicht die Beschichtung der Luftschiffe aus. Der Säuredunst ist nicht sehr stark. Aber weiter oben wird es gefährlich. Die Schwefelsäure könnte das Luftschiff beschädigen oder sogar zerstören.“

Der Flug zum Höhenruder

„Aus den Nudeln wird wohl erst mal nichts“, jammerte Stella.

„Das verstehe ich nicht. Ich habe doch das Ventil geschlossen“, meinte Tom. „Das Luftschiff kann nicht weiter steigen.“

„Das tut es aber“, widersprach Plutinchen. „Und noch verraten mir die Daten nicht, warum das so ist.“

„Was ist jetzt denn los?“, wunderte sich Stella. „Dreht sich das Schiff?“

„Tatsächlich, ganz langsam, aber es dreht sich“, bestätigte Tom. „Gegen den Uhrzeigersinn.“

Tom griff zum Joystick und versuchte, die Drehung zu beenden.

„Das Schiff reagiert nur widerwillig“, beurteilte er die Lage. „Das habe ich vorhin schon bemerkt. Da muss etwas kaputt sein.“

„Bestimmt sogar“, nickte Plutinchen.

„Hast du denn noch immer keine Idee?“, fragte Stella.

„Ich möchte nämlich weder weiter unten gegrillt noch weiter oben in Säure aufgelöst werden."
„Ich auch nicht", pflichtete ihr Tom bei. „Beides hört sich nicht besonders verlockend an."
Wieder begann das Luftschiff, sich zu drehen. Inzwischen konnten sie das Basisluftschiff von oben sehen.
„Sieht wirklich aus wie eine fliegende Untertasse", meinte Stella.
„Es gibt sie also doch", lächelte Tom, aber es war kein zufriedenes Lächeln. „Also, wie geht es weiter? Niemand von uns will in Säure aufgelöst werden."
„Ich habe eine Spur", miaute Plutinchen. „Die Daten, die ich vom Bordcomputer erhalte, sind noch immer widersprüchlich. Aber das könnte uns sogar helfen. Es ist nämlich nicht ein Fehler, es sind sogar zwei."
„Orbital!", rief Tom. „Los! Worauf wartest du?"
„Ich tippe auf den Hecksensor, der auch für die Höhenmessung zuständig ist", antwortete sie. „Es gibt zwar vorne einen zweiten Sensor. Doch was macht der Computer, wenn er verschiedene Informationen erhält?"

„Er fängt an zu spinnen“, antwortete Stella. „Das kann auch bei Computern vorkommen. Manche von ihnen fangen dann sogar an, lustige Reime zu singen.“
„Ich weiß“, miaute Plutinchen. „Aber in diesem Fall ändert der Computer ständig seine Befehle.“
Auf dem Display leuchtete ein rotes Warnsignal auf.
„Wir verlassen die sichere Höhenlage“, sagte Stella. „Die Anzeige ist noch im grünen Bereich, aber wir steuern auf den gelben zu. Beim roten wird es gefährlich.“
„Was ist mit dem zweiten Fehler?“, fragte Tom.
„Das Leitwerk“, antwortete die Roboterkatze. „Es muss beschädigt sein. Eine andere Erklärung habe ich nicht. Es muss passiert sein, als das Luftschiff hier angekommen ist. Es war in einer säurefesten Transportbox verstaut und hat sich erst hier entfaltet und mit Luft gefüllt. Vollautomatisch. Dabei muss etwas nicht geklappt haben.“
„Was ist mit den anderen beiden Luftschiffen?“, fragte Tom.
„Die arbeiten fehlerfrei“, antwortete Plutinchen. „Nur die Mauersegler spinnt. Leider kann ich nicht schnell mal eben nachschauen.“

„Das kannst du doch“, entgegnete Stella. „Wir packen dich wieder in den Plastikbeutel ein. Dann kannst du wenigstens alles ansehen. Und Klebeband nehme ich auch mit.“

„Schnell!“, sagte Tom. „Wir steigen weiter. Gleich sind wir schon im gelben Bereich!“

Stella ging zur Schleuse und zog ihren Raketenanzug an. Tom verstaute Plutinchen in der Plastiktüte. Die Roboterkatze machte ein finsteres Gesicht, denn das gefiel ihr gar nicht. An Schwefelsäure hatte niemand gedacht, als sie entwickelt worden war.

„Fertig?“, fragte Stella.

„Wir können starten“, funkte Plutinchen.

Stella nahm die Plastiktüte unter den Arm und betrat die Schleuse.

„Viel Glück“, wünschte Tom ihnen.

Als sich die äußere Schleusentür öffnete, sah Stella sofort auf ihr Astrofon. Der Schwefelsäuregehalt war noch stärker geworden. Sie startete ihren Antrieb und flog um das Schiff herum zum Leitwerk.

Es ähnelte dem Leitwerk vom Airship Solar 1, mit dem sie nach Island geflogen waren. Stella stellte sich auf ein Trittbrett, das wahrscheinlich genau dafür angebracht worden war. Ein Sicherungsseil war auch vorhanden. Auf den ersten Blick sah es intakt aus. Jedenfalls konnte Stella nichts entdecken.

„Was kannst du feststellen?“, fragte sie.

„Ich hatte recht, es ist beschädigt“, antwortete Plutinchen. „Das Höhenruder kann sich nicht richtig bewegen. Die Aufhängung muss einen Stoß erhalten haben. Wie ich schon vermutet habe.“

„Können wir es reparieren?“, fragte Stella.

„Das müsste gehen, aber ich kann euch nicht dabei helfen“, antwortete Plutinchen. „Nicht in dieser Verpackung.“

„Na? Habt ihr etwas entdeckt?“, funkte Tom. „Wir müssen uns langsam beeilen, der Säurewert steigt immer weiter an.“

„Es ist das Höhenruder“, erklärte Stella. Sie klemmte sich Plutinchen unter den Arm und zog ein langes Stück Klebeband von der Rolle. Damit klebte sie die Plastiktüte mit Plutinchen am Heck des Luftschiffs fest. „Geht es so?“

„Bequem ist es nicht“, miaute Plutinchen. „Aber ich kann alles gut sehen.“

„Was muss ich tun?“, fragte Stella, die nun beide Hände frei hatte.

„Mit etwas Glück reicht es, wenn du die beiden Schrauben der Aufhängung ein wenig löst“, antwortete Plutinchen. „Aber nur eine Umdrehung. Dann müssten die kleinen Elektromotoren das Höhenruder wieder bewegen können.“

Stella zog ihren kleinen Akkuschrauber aus ihrer Gürteltasche und setzte mit einem Klick den passenden Bit ein, in diesem Fall passend für eine Schraube mit einem Kreuzschlitz. Vorsichtig setzte sie den Akkuschrauber an und drückte auf den Schalter.

Nichts tat sich.
„Das Ding sitzt fest“, ärgerte sie sich und drückte den Schalter tiefer durch.
„Vorsicht! Wir dürfen die Schraube nicht verlieren!“, mahnte Plutinchen.
Kaum hatte sie den Satz vollendet, gab die Schraube nach und kam hochgeschossen.
„Pass auf!“, warnte Plutinchen, aber Stella hatte bereits zugepackt und hielt die Schraube zwischen ihren Fingern.
„Glück gehabt“, schnaufte sie erleichtert. Sie steckte die Schraube zurück und drehte sie vorsichtig wieder hinein. Dann löste sie die andere Schraube, die nicht ganz so fest saß.
„Was meinst du?“, fragte Stella.

„Tom, bewege mal das Höhenruder!“, funkte die Roboterkatze ins Cockpit. Gleich darauf hob sich das Ruder und senkte sich wieder. Stella musste sich festhalten, denn das Schiff reagierte sofort auf die Ruderbewegungen.

„He! Nicht so heftig!“, beschwerte sich Stella.

„Es müsste jetzt wieder gut funktionieren“, stellte Plutinchen fest. „Kehren wir zurück.“

„Und was wird aus dem Sensor?“, fragte Stella und zeigte mit dem Finger auf einen runden Knubbel neben dem Leitwerk.

„Das klären wir, sobald wir zurück sind“, miaute Plutinchen.

„Da bin ich aber gespannt“, sagte Stella und löste den Klebestreifen. Sie klemmte sich Plutinchen in der Plastiktüte wieder unter den Arm und flog zurück zur Schleuse.

Abschied von der Venus

„Das Luftschiff lässt sich wieder gut manövrieren!“, verkündete Tom, als sie im Cockpit eintrafen. „Es reagiert perfekt.“

„Und die Säure?“, fragte Stella und setzte sich auf den Sessel neben Tom.

„Wir sind jetzt mitten im gelben Bereich“, antwortete er. „Danach kommt der rote.“

„Was ist jetzt mit dem Sensor?“, wollte Stella endlich von Plutinchen wissen.

„Wir schalten ihn einfach ab“, erklärte die Roboterkatze.

„Und dann?“, wunderte sich Tom.

„Dann übernimmt der zweite Sensor am Bug die Aufgabe, die Höhe zu messen“, antwortete Plutinchen. „Es gibt dann für den Bordcomputer nur eine Information und nicht mehr zwei verschiedene.“

„Aber man kann einen Sensor nicht einfach abschalten“, entgegnete Tom. „Auf dem Display gibt

es keinen Schalter dafür. Das ist nicht vorgesehen."
„Ja, das müssen wir den Ingenieuren unbedingt mitteilen", schnurrte Plutinchen. „Das muss unbedingt geändert werden."
„Ein guter Vorschlag", nickte Stella, während sie auf die Anzeige sah. Der gelbe Balken war dabei, sich in einen roten zu verwandeln. „Jetzt wird es ätzend. Hoffentlich hält die Hülle noch eine Weile."
„Aber wie sollen wir dann den kaputten Sensor abschalten?", wollte Tom wissen.
„Das übernehme ich", antwortete Plutinchen, drehte sich um und flog aus dem Cockpit.

„Jetzt bin ich aber gespannt", sagte Tom und wischte ein paarmal über das Display. Ein Fenster öffnete sich und zeigte, was Plutinchens Kameraaugen sahen.
„Sie ist oben in der Hülle", stellte Tom fest. „Sie sucht etwas."
„Das Kabel", ahnte Stella. „Der Sensor wird über ein Kabel mit Strom versorgt und sendet auch seine Daten über dieses Kabel an den Bordcomputer."
„Es ist nicht nur ein Kabel", erkannte Tom schnell.

„Es sind viele. Eigentlich ist es ein kleiner Kabelbaum. Weiß sie denn, welches Kabel das richtige ist?“
„Ich weiß es“, antwortete Plutinchen und aktivierte ihren Laser. Eines der dünnen Kabel glühte kurz auf und wurde durchtrennt.
Die beiden Enden waren deutlich zu erkennen.
„Das nennst du abschalten?“, schüttelte Tom den Kopf.
„Wenn es nicht anders geht“, miaute Plutinchen und machte sich auf den Rückweg.
„Was ist jetzt?“, fragte Stella aufgeregt und sah auf das Display.
„Wir sinken wieder!“, rief Tom erleichtert. „Der Höhenmesser scheint wieder einwandfrei zu arbeiten. Die Anzeige spinnt auch nicht mehr.“
„Wir werden also nicht aufgelöst“, schnaufte Stella.
„Glück gehabt“, meinte Tom.
„Glück gehabt? Wohl eher Plutinchen gehabt!“, entgegnete Stella.
„Es ist wieder alles in Ordnung“, sagte die

Roboterkatze, als sie wieder im Cockpit eintraf. „Jetzt erhalte ich vom Bordcomputer zuverlässige Daten, mit denen ich etwas anfangen kann. Sobald wir zurück auf der Höhe der Albatros sind, kann der Autopilot übernehmen."
„Und wir können endlich etwas essen", freute sich Stella. „Mein Magen hängt mir schon in der Kniekehle."
„Mir geht es genauso", stimmte Tom zu. „Wir haben ja auch seit vielen Stunden nichts mehr gegessen."
„Mein Akku müsste auch mal wieder geladen werden", sagte Plutinchen.
„Also kehren wir zur Albatros zurück und lassen uns vom Space Racer abholen", entschied Tom.

Als die Mauersegler die Höhe der Albatros erreicht hatte, kontrollierten Tom und Stella noch einmal alle Anzeigen und überließen dann die Steuerung dem Autopiloten. Sie zogen ihre Schutzanzüge an, stopften Plutinchen wieder in die Plastiktüte und düsten zurück zur Albatros. Als sie aus der Luftschleuse kamen, hörten sie schon den Signalton der Funkanlage.

„Major Tom, bitte kommen! Wir machen uns große Sorgen. Ist etwas passiert? Wir können euch nicht erreichen. Bitte meldet euch“, tönte es aus den Lautsprechern.

„Die Bodenstation!“, entfuhr es Stella. „Die hatte ich ganz vergessen!“

„Und auf der Venus ist das so eine Sache mit den Funksignalen“, wusste Plutinchen. „Vielleicht ist ja beim Luftschiff Mauersegler auch die Antenne defekt. Die haben wir nicht überprüft.“

Tom ging sofort ins Cockpit und meldete sich: „Hier sind Tom und Stella. Wir haben die drei Luftschiffe kontrolliert. Hier ist alles in Ordnung. Wir lassen uns jetzt vom Space Racer abholen und kehren dann durch das Wurmloch zur Erde zurück. Ende.“

Der kleine Major Tom

Logbuch

SOS im Venusnebel // Eintrag 1

Bei der Venus fällt gleich auf, dass sie keinen Mond hat. Ebenso wie der Merkur, der als erster Planet des Sonnensystems um die Sonne kreist. Lange haben die Menschen geglaubt, jeder Planet müsse mindestens einen Mond haben. Immer wieder waren sich Forscher sicher, in ihren Teleskopen einen Venusmond zu sehen. Der italienische Astronom Giovanni Domenico Cassini (1625 – 1712) hat diesem Mond sogar einen Namen gegeben: Neith. Es ist der Name einer altägyptischen Göttin. Doch schließlich stellte sich heraus, dass auch Cassini sich geirrt hatte. Die Venus hat keinen Mond.

SOS im Venusnebel // Eintrag 2

Heutige Astronomen sind sich allerdings nicht ganz sicher, ob die Venus in der Frühzeit des Sonnensystems nicht doch einen Mond gehabt haben könnte. Sie schließen das nicht zuletzt aus der Tatsache, dass sich die Venus andersherum dreht als Erde, Mars, Jupiter und Saturn. Sie sprechen von einer retrograden Rotation, also einer rückläufigen Drehung. Auf der Venus geht die Sonne im Westen auf und im Osten unter. Eigentlich müsste sich die Venus ebenso um die eigene Achse drehen wie die Erde. Diese Drehrichtung haben alle Planeten während ihrer Entstehung erhalten. Ein großer Mond könnte aber die Drehrichtung der Venus verändert haben, glauben Astronomen. Und dieser Mond, vermuten sie, ist heute der Planet Merkur. Aber beweisen lässt sich das nicht so leicht und andere Fachleute bezweifeln auch, dass es so war.

SOS im Venusnebel // Eintrag 3

Eine Umdrehung der Venus dauert etwa 243 Erdentage. Die Venus dreht sich also ausgesprochen langsam. Schnell sind dagegen die höheren Schichten der Atmosphäre, die mit einer Geschwindigkeit von 360 Kilometern in der Stunde die Venus umrunden. Dabei umkreisen sie die Venus in Richtung ihrer Rotation. Die äußere Atmosphäre ist also 60 Mal so schnell wie der Planet selbst. Dieses erstaunliche Phänomen nennen die Astronomen Superrotation. Diese Superrotation wird durch die Temperaturunterschiede auf der Tag- und auf der Nachtseite der Venus ausgelöst.

SOS im Venusnebel // Eintrag 4

Während die Astronomen die Marsoberfläche ganz gut beobachten konnten, da er nur eine dünne Atmosphäre besitzt, konnten Teleskope bei der Venus nichts ausrichten. Die Wolkendecke ist für Fernrohre undurchdringlich. Erst die Raumfahrt konnte in den 1960er-Jahren die ersten Geheimnisse lüften. Im März 1966 versuchte erstmals eine Sonde, auf der Venus zu landen. Doch die sowjetische Sonde Venera 3 wäre in der dichten Atmosphäre fast verglüht und schlug hart auf dem Boden auf.

Daten konnte sie nicht senden. Nach weiteren Fehlschlägen gelang der Sowjetunion im August 1970 mit Venera 7 die erste weiche Landung einer Sonde auf der Venus. Es war zugleich die erste Landung auf einem anderen Planeten. Die Sonde funkte kurze Zeit Messdaten von der Oberfläche, bevor sie dem enormen Druck der Atmosphäre zum Opfer fiel. Aber diese wenigen Minuten reichten aus, um sich ein Bild zu machen, wie es auf der Oberfläche der Venus zugeht.

„Das Universum ist groß, die Erde unser Zuhause."

Peter Schilling

Die Kreativ-Crew rund um den kleinen Major Tom

© Kurt Fuchs

Bernd Flessner …

… hat am 24.11.1957 Geburtstag. Er wurde in Göttingen geboren, ist aber am Meer aufgewachsen. Seine Lieblingsfarbe ist Rot. Am liebsten schreibt er Bücher für Erwachsene und Bücher für Kinder. Wenn er mal gerade nicht schreibt, dann kocht er. Sein Lieblingsgericht ist selbst gemachte Lasagne. Bernd Flessner ist ein begeisterter Zukunftsforscher, ihn interessiert alles, was mit Raumfahrt und Weltall zusammenhängt. Sein größter Wunsch wäre es, einmal zum Mars zu fliegen (und zurück natürlich, damit er von seinem Abenteuer berichten kann).

© Stefan Lohr

Stefan Lohr …

… hat am 5.5.1972 Geburtstag. Er wurde in Leutkirch geboren und lebt heute in Ravensburg. Seine Lieblingsfarbe ist Blau. Und am liebsten illustriert er Bücher für Kinder. Wenn er Zeit hat, dann fährt er gern Achterbahn. Am liebsten mit Doppellooping. Sein größter Wunsch wäre es, einmal mit Major Toms Space Racer ein paar Loopings im Weltall zu drehen.

Peter Schilling

Wer kennt nicht „Major Tom (völlig losgelöst)“ und hat dazu schon mal ordentlich abgetanzt? Der Sänger und Songschreiber Peter Schilling, von dem dieser und noch viele andere Songs stammen, hatte die geniale Idee, die Geschichte aus dem weltbekannten Lied weiterzuerzählen – und zwar als Geschichte für Kinder. Er ist, wie er sagt, im Herzen ein Kind geblieben und hat so die Idee zum kleinen Major Tom, Stella und Plutinchen gehabt. Und weil er den Autor und Weltraumfan Bernd Flessner kennengelernt hat, sind daraus Geschichten entstanden. Peter Schilling möchte gerne, dass Kinder die Möglichkeit bekommen, so viel wie möglich über unsere Welt und das Universum zu erfahren. Deshalb tauscht er sich gerne vor seinen Konzerten mit Kindern über das spannende Thema Weltraum aus.

Bisher erschienen:

Band 1: Völlig losgelöst
ISBN 978-3-7886-4001-9

Bd. 2: Rückkehr zur Erde
ISBN 978-3-7886-4002-6

Bd. 3: Die Mondmission
ISBN 978-3-7886-4003-3

Bd. 4: Kometengefahr
ISBN 978-3-7886-4004-0

Bd. 5: Gefährliche
Reise zum Mars
ISBN 978-3-7886-4005-7

Bd. 6: Abenteuer auf
dem Mars
ISBN 978-3-7886-4006-4

Bd. 7: Außer Kontrolle!
ISBN 978-3-7886-4007-1

Bd. 8: Verloren im
Regenwald
ISBN 978-3-7886-4008-8

Bd. 9: Im Bann des Jupiters
ISBN 978-3-7886-4009-5

Bd. 10: Im Sog des
Schwarzen Lochs
ISBN 978-3-7886-4010-1

Bd. 11: Wer rettet Ming
und Hu?
ISBN 978-3-7886-4011-8

Bd.12: Plutinchen in Gefahr
ISBN 978-3-7886-4012-5

Bd. 13: Die Wüste lebt
ISBN 978-3-7886-4013-2

Bd. 14: Abenteuer im
brennenden Eis
ISBN 978-3-7886-4014-9

Hörspiele:

Völlig losgelöst
ISBN 978-3-7886-4101-6

Rückkehr zur Erde
ISBN 978-3-7886-4102-3

Die Mondmission
ISBN 978-3-7886-4103-0

Kometengefahr
ISBN 978-3-7886-4104-7

Gefährliche Reise zum Mars
ISBN 978-3-7886-4105-4

Abenteuer auf dem Mars
ISBN 978-3-7886-4106-1

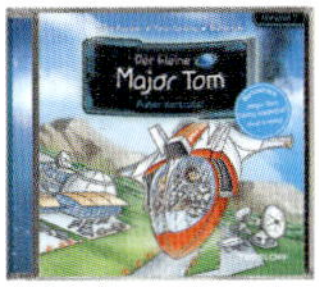

Außer Kontrolle!
ISBN 978-3-7886-4107-8

Verloren im Regenwald
ISBN 978-3-7886-4108-5

Im Bann des Jupiters
ISBN 978-3-7886-4221-1

Im Sog des Schwarzen Lochs
ISBN 978-3-7886-4222-8

Wer rettet Ming und Hu?
ISBN 978-3-7886-4225-9

Plutinchen in Gefahr
ISBN 978-3-7886-4226-6

Download & Streaming
auf allen gängigen Portalen

Die Wüste lebt
ISBN 978-3-7886-7432-8

Freundealbum:

Meine Freunde
ISBN 978-3-7886-4115-3

Space School:

Bd. 1: Abenteuer Raumfahrt
ISBN 978-3-7886-4113-9

Bd. 2: Künstliche Intelligenz
ISBN 978-3-7886-4114-6

Bd. 3: Supermaterialien
ISBN 978-3-7886-4223-5